The Adventures of Giulia:
Lost in Venice

Le Avventure di Giulia:
Persa a Venezia

Written by

Michelle Longega Wilson

www.MichelleLongegaWilson.com

Dedicated to my grandfather

Dedicato a mio nonno

The Adventures of Giulia – Lost in Venice
Le Avventure di Giulia – Persa a Venezia

Once upon a time, there lived a girl named Giulia. Giulia was eight years old, had long straight black hair and green eyes. She was never afraid and had a wonderful sense of adventure. Giulia lived in a small house in a small town in Mississippi.

Giulia had a fantastic secret – she had a magical unicorn named Sparkle. Sparkle had brought Giulia around the world to many places where she had many adventures. When Giulia got into trouble, Sparkle came to help her.

C'era una volta una bambina di nome Giulia. Giulia aveva otto anni, i capelli lunghi neri, gli occhi verdi, non aveva mai paura di nulla, e aveva un meraviglioso senso dell'avventura. Viveva in una casetta in un piccolo paese nel Mississippi.

Giulia aveva un grande segreto: possedeva un unicorno magico di nome Sparkle. Sparkle aveva portato Giulia in giro per il mondo e insieme avevano avuto molte avventure. Quando Giulia era in difficoltà, Sparkle arrivava ad aiutarla.

Recently, Giulia was invited by her cousin Isabella to come to Italy to celebrate Carnival in Venice.

Soon Giulia and her mother boarded an airplane for Italy. At the airport in Venice, they took a taxi boat to Isabella's house – they couldn't take a car because in Venice there is a lot of water and canals, and no cars.

That was Giulia's first time in a water taxi and she was very excited about it. Giulia thought to herself how great it was that she could stand up in the back and look around. She felt very close to the water and enjoyed the feeling of the wind whipping through her hair. Sometimes she leaned over the side of the boat and could feel small droplets of water hit her hand. Very soon, they arrived at Isabella's house.

Recentemente Giulia era stata invitata da sua cugina Isabella a trascorrere il carnevale in Italia, a Venezia.

Così, ben presto, Giulia e sua mamma presero un aereo per l'Italia. All'aeroporto di Venezia, salirono su un motoscafo (taxi d'acqua) per raggiungere la casa di Isabella. Non potevano certo prendere una macchina perchè a Venezia, non ci sono macchine ma solo acqua e molti canali.

Era la prima volta che Giulia prendeva un taxi d'acqua, ed era molto emozionata. Immediatamente pensò quanto fosse favoloso stare in piedi fuori dietro e potersi guardare intorno. Si sentiva così vicino all'acqua e adorava sentire il vento passarle tra i capelli. A volte s'inchinava da un lato della barca e sentiva piccole gocce d'acqua toccarle le mani. Ben presto arrivarono alla casa di Isabella.

Isabella lived in a large stone palazzo with three floors. She lived on the first floor with a view of the Grand Canal and gondolas.

Isabella and her mother were there waiting for Giulia and her mother when they arrived in the taxi boat at the palazzo. Isabella had curly brown hair, light blue eyes, and was wearing black leggings and a white shirt with black horizontal stripes. She chose to wear that because that's what the gondoliers in Venice typically wear. Like Isabella, her mother had curly brown hair and was very nice and sweet.

Isabella abitava in un grande palazzo di pietra a tre piani. Lei stava al primo piano, con una fantastica vista del Canal Grande e delle gondole.

Isabella e la mamma stavano aspettando Giulia e la sua mamma, quand'ecco arrivare il taxi al palazzo. Isabella aveva i capelli castani, ricci, gli occhi azzurri e portava un paio di leggings neri e una camicia bianca a righe nere orizzontali. Aveva scelto di vestirsi così perché questa è l'uniforme dei gondolieri veneziani. Anche la sua mamma aveva i capelli castani e ricci come Isabella, ed era molto gentile e dolce.

Isabella was very excited and ran out to the taxi boat as it pulled into the dock. She cried out, "Ciao Giulia! Ciao Zia! Ben arrivate! [which means, *Hi Giulia! Hi Auntie! Welcome!*]"

"Hi Isabella! Hi Auntie! I'm so excited to be here!" replied Giulia.

As soon as Giulia stepped down from the taxi boat onto the dock, Isabella ran over and gave her a big hug and a kiss on both cheeks. Giulia was a bit surprised, but saw her mother and auntie doing the same, so she understood that it's just a wonderful Italian custom!

Isabella era felicissima e appena il taxi attraccò, corse vicino allo sbarco gridando, "Giulia, ciao! Ciao zia! Ben arrivate!"

"Ciao Isabella! Ciao zia! Sono così felice di essere qui!" disse Giulia.

Appena Giulia scese all'approdo del taxi, Isabella le corse incontro per darle un grande abbraccio e due baci sulle guance. Giulia si sorprese un po', ma poi vide sua mamma e sua zia fare lo stesso e capì che questa era una buona usanza italiana!

"So tell me all about Carnival," said Giulia, as soon as they were alone in Isabella's room.

Isabella replied, "We have a lot of adventures ahead of us, but it's late and you're probably tired, so let's go to bed and start early tomorrow. Buona notte Giulia."

"Good night Isabella."

"Allora parlami del carnevale," disse Giulia appena arrivò in camera di Isabella.

Isabella rispose, "Abbiamo tante avventure davanti a noi, ma adesso è tardi e tu sei probabilmente stanca, dai andiamo a letto e svegliamoci presto domattina. Buona notte Giulia."

"Buona notte Isabella."

The Streets of Venice – Le Strade di Venezia

Giulia woke up on a pull-out trundle bed next to Isabella's bed. She looked around and saw that Isabella had a very nice room. Her room had gondolas painted on the walls, a small bookshelf in the corner of the room, a desk with a chair, and a purple bed – how fun!

Isabella suddenly ran into the room and yelled, "Hurry up, get dressed. We're going to Rialto to get costumes and masks for carnevale."

Carnival, or as the Italian's say carnevale, is an Italian celebration where people get dressed in costumes and masks and attend many parties around the city. Carnevale is for everyone because even long ago people couldn't tell who you were, if you were rich or poor, so they let everyone celebrate.

Giulia si svegliò su un letto estraibile vicino a quello di Isabella. Si guardò intorno e si accorse che Isabella aveva una stanza molto bella. La camera aveva delle gondole disegnate sui muri, una piccola libreria all'angolo della stanza, un tavolo, una sedia e un letto violetto – tutto magnifico!

Isabella improvvisamente corse nella stanza e gridò, "Sbrigati, a vestirti! Andiamo a Rialto a comprare i costumi e le maschere per carnevale."

Il carnevale, o come meglio dicono i veneziani *carneval*, è una celebrazione italiana dove la gente si veste in maschera e partecipa a varie festicciole in giro per la città.

Il carnevale è per tutti, perché molto tempo fa, in maschera, la gente non poteva riconoscerti e sapere chi eri, se eri ricco o povero, e tutti potevano partecipare.

Giulia got dressed quickly and ran out the door with Isabella. When Giulia got outside and looked around, she was shocked!

"Isabella, there are no cars, no streets!"

"Of course there aren't," said Isabella. "In Venice, everyone walks and takes boats to get places."

Giulia si vestì velocemente e corse fuori dalla porta con Isabella. Quando Giulia si trovò fuori e si guardò intorno, rimase scioccata!

"Isabella ma non ci sono macchine o strade!"

"Certo che non ci sono," disse Isabella. "A Venezia per andare da qualsiasi parte, si cammina o si prende una barca."

When they got to Rialto, there were so many people that Giulia exclaimed, "Wow, this is like Mexico City, except no cars. How do you find your way around? There are no signs and the streets are so twisty?"

Isabella laughed, "Well, once you live here for awhile, you get used to it. I know these calli [*streets*] very well because we come to the market almost every day. Come on, let's go look at the costume stores while le mamme buy some fruit and vegetables at the market."

Quando arrivarono a Rialto, c'erano così tante persone che Giulia esclamò, "Wow, è come Mexico City ma senza macchine. Come fai a sapere dove andare? Non ci sono segnali, e le vie sono così intricate."

Isabella rise, "Beh se vivi qui per un po', ti ci abitui. Io conosco queste calli molto bene perché veniamo al mercato quasi tutti i giorni. Dai, andiamo a vedere i negozi di costumi mentre le mamme comprano frutta e verdura alle bancarelle."

Lost in the Basement – Perse nello Scantinato

Isabella and Giulia looked at many stores, but couldn't find the special costumes they wanted. They were about to return to the Rialto market when they spotted an old store that sold the typical Venetian costumes the girls were looking for.

"Ooo," said Isabella, "that looks like a great store. Let's go in."

Isabella e Giulia guardarono molti negozi, ma non avevano ancora trovato quei costumi speciali che cercavano. Stavano quasi per tornare al mercato di Rialto, quando si accorsero di un vecchio negozietto che vendeva proprio i tipici costumi veneziani che loro cercavano.

"Oh," disse Isabella, "questo sembra un bel negozio, entriamo."

The store looked kind of creepy, but never afraid, Giulia went inside. When they opened the door, they heard a small bell ring, but as soon as they closed the door, an almost overwhelming silence came upon them. The old store had sort of a musty smell about it, but was filled with beautiful and traditional costumes and masks.

As they started walking around, they noticed that some of the floorboards creaked when they stepped on them. They saw that the store had two floors with stairs going up to the second floor. Giulia and Isabella liked some of the costumes on the bottom floor, but they wanted to see what costumes and masks were on the second floor. They were a little worried about the stairs, but up they went.

About halfway up the stairs, a stair board broke and they fell down into a dark basement.

Il negozio dava i brividi, ma sempre senza paura, Giulia entrò dentro. Quando aprirono la porta, sentirono un piccolo campanello suonare, ma appena chiusero la porta, un grande silenzio le avvolse. Il negozietto aveva un certo odore di muffa, ma era pieno di maschere e costumi tradizionali.

Come cominciarono a girarsi intorno, si accorsero che il negozio aveva due piani, con una lunga scala traballante che saliva al secondo piano. A Giulia e Isabella piacevano alcuni costumi al primo piano ma volevano vedere quali maschere e costumi c'erano nell'altro piano. Erano un po' preoccupate a salire per via delle scale traballanti, ma infine le presero.

Circa a metà strada un gradino si ruppe ed entrambe caddero in un buio seminterrato.

"Are you OK?" they both said at the same time.

Luckily they landed safely with just a couple of bruises. Unfortunately, they could not see any way out from the basement. Giulia and Isabella decided to split up to find a door to get out.

After awhile, Isabella cried out, "I found a door over here."

Giulia ran over, but when the girls tried to open the door, it was locked.

"Stai bene?" dissero entrambe allo stesso momento.

Fortunatamente erano sì cadute, ma si erano fatte solo qualche graffio. Era molto buio, e non potevano trovare una via d'uscita. Giulia e Isabella decisero di separarsi per cercare di trovare una porta nel seminterrato.

Dopo un po', Isabella gridò, "Ho trovato una porta qui!"

Giulia corse, ma quando le ragazze cercarono di aprirla, la trovarono bloccata!

"Let's see if we can find a key anywhere," said Giulia.

The girls looked for what felt like a very long time, but they didn't find anything to help them get out.

Desperately, Giulia cried out for Sparkle and in a burst of light she appeared right there in the basement.

Giulia called out to Isabella, "Over here. Sparkle can get us out of here."

Isabella started over, then stopped frozen in her tracks!

"Proviamo a cercare una chiave", disse Giulia.

Le ragazze cercarono per molto tempo, almeno così pareva loro, ma non trovarono una via d'uscita.

Disperatamente Giulia chiamò in aiuto Sparkle e con una scintilla di luce Sparkle apparse, lì, nello scantinato.

Giulia chiamò Isabella, "Vieni qua, Sparkle ci farà uscire da qui."

Isabella stava per raggiungerla, quando si fermò di colpo pietrificata!

"What is that?" cried Isabella.

Giulia laughed and said casually, "It's my pet unicorn Sparkle."

"What? It's beautiful, but is it real?" asked Isabella.

"Of course she's real. Hop on. Let's get out of here!"

Isabella was still very surprised, but climbed up on Sparkle's back, and Sparkle flew them out of the basement and back into the shop.

Sparkle magically fixed the stairs and disappeared.

"Ma cos'è!" gridò Isabella.

Giulia rise e ripose calma, "E il mio unicorno, Sparkle."

"Cosa? E belissimo, ma è vero?" domandò Isabella.

"Certo che è vero, sali in groppa che usciamo da qui!"

Isabella era molto sorpresa ma montò su Sparkle, e lei le portò fuori dal seminterrato e di ritorno al primo piano. Sparkle magicamente riparò le scale e sparì!

"What was THAT?!" exclaimed Isabella.

"I already told you," said Giulia rather calmly, "she's my pet unicorn Sparkle. She helps me when I get into trouble. So, are we going to get costumes or not?"

"Ma che cos'è quel COSO?" escamò Isabella.

"Te l'ho già detto," disse Giulia calma, "è il mio unicorno Sparkle. Mi aiuta quando sono in difficoltà. Allora andiamo a prendere i costumi o no?"

When the shopkeeper saw that the stairs were fixed, he said, "Ma come avete fatto! Grazie tante per averle sistemate, potete scegliere i costumi a gratis! [*How did you do that? Thank you so much for fixing the stairs. You can choose your costumes for free.*]"

"Thank you. Could we please get the costumes for Arlecchino and Colombina?"

"Certo!"

Quando il negoziante vide le scale riparate esclamò, "Ma come avete fatto! Grazie tante per averle sistemate; potete scegliere i costumi a gratis!"

"Grazie. Possiamo prendere i costumi di Arlecchino e Colombina?

"Certo."

Arlecchino is an old mask that represents a smart servant who is a little bit of a cheater. Colombina represents a funny cleaning lady. These are among the oldest Carnival masks. In fact, Carnival in Venice started in the 1500's as the festival week before Lent.

"This is going to be so much fun!" said Giulia.

Arlecchino è una vecchia maschera che rappresenta un servitore molto furbo, ma un po' imbroglione. Colombina, rappresenta una serva molto spassosa. Queste sono tra le maschere le più antiche. Il carnevale a Venezia iniziò verso il 1500, quando rappresentava la settimana di festività che precede la Quaresima.

"Sarà super divertente!" disse Giulia.

Pizza Lunch – Pizza per Pranzo

After they got their costumes, Isabella and Giulia met up with their mothers to go to lunch at a pizzeria near Piazza San Marco.

When they got there, Isabella's mother told them that the chef was an old friend of hers and maybe the chef could teach them how to make pizza.

Dopo aver preso i costumi, Isabella e Giulia si ritrovarono con le mamme per andare a pranzo in una pizzeria vicino a piazza San Marco.

Appena arrivarono, la mamma di Isabella disse che lo chef era un suo amico e che forse poteva insegnare alle bimbe a fare la pizza.

The chef was a big man who wore a white chef's coat and hat. Giulia thought that he looked exactly like a real Italian chef.

"Luigi, e così bello rivederti! Sai stavo pensando che, se hai tempo, potresti insegnare alle ragazze a fare la pizza? [*Luigi, it's so nice to see you again. I was thinking that maybe if you had time, you could teach the girls how to make some pizza*?]" said Isabella's mother. "Ti ricordi della mia cara Isabella? Questa è sua cugina Giulia e viene dall'America. [*You remember my darling Isabella? This is her cousin Giulia from the United States.*"]

The chef agreed and they went into the kitchen. The chef explained that first you have to make the pizza dough. The girls got to mix the ingredients and let the dough rise. The dough felt a little like Playdoh as they pressed it into a circle.

Lo chef era un omaccione con un grembiule bianco ed un grande cappello da cuoco. Giulia pensò che sembrasse esattamante come s'immaginava un vero chef italiano.

"Luigi, è così bello rivederti! Sai stavo pensando che, se hai tempo, potresti insegnare alle ragazze a fare la pizza?" disse la mamma di Isabella. "Ti ricordi della mia cara Isabella? Questa è sua cugina Giulia e viene dall'America."

Lo chef era disponibile e le ragazze andarono in cucina. Lo chef spiegò che per prima cosa si doveva preparare la pasta. Le ragazze mischiarono gli ingredienti e lasciarono la pasta lievitare. Poi ripresero la pasta, la premettero in mezzo, ...sembrava fosse pongo.

The chef called over one of his pizzaioli to demonstrate tossing the dough. The girls were amazed that he could throw the dough up high in the air, spin it around, and catch it so well.

"Ma forse noi non ci proviamo... non vorremmo mai veder cadere la pasta a terra vero! [*But maybe we don't try that... we don't want your pizzas all over the floor, do we?*]"

The girls laughed and agreed.

Lo chef chiamò uno dei suoi pizzaioli per far vedere come lanciare in aria la pasta. Le ragazze erano meravigliate nel vedere la pasta lanciata su, volteggiare e ricadere nelle mani del pizzaiolo.

"Ma forse noi non ci proviamo... non vorremmo mai veder cadere la pasta a terra vero?"

Le ragazze risero e annuirono.

Then the chef showed them how to spread a little bit of tomato sauce all over the pizza, and helped the girls put just the right amount of shredded mozzarella cheese on top.

The chef told them, "Adesso potete mettere qualsiasi ingrediente, funghi, salame, o qualsiasi cosa vi piaccia sulla pizza. [*Now you can put any other ingredients you like, mushrooms, pepperoni or whatever you want on your pizza.*]"

Poi lo chef mostrò loro come mettere un po' di salsa di pomodoro ed aiutò le ragazze a mettere il giusto ammontare di formaggio mozzarella sopra il pomodoro.

Lo chef disse, "Adesso potete mettere qualsiasi ingrediente, funghi, salame, o qualsiasi cosa vi piaccia sulla pizza."

Isabella asked, "What are you going to put on your pizza, Giulia?"

"I think I'm going to make a pepperoni smile, a mushroom nose and 2 pickle slices for eyes," said Giulia. "What are you going to make?"

"I'm not going to add any extra ingredients. I like simple pizza, a margherita," replied Isabella.

Just a few minutes in the wood-burning oven and the girls had their very own pizzas.

The pizzas smelled delicious and they quickly devoured them. It was the best pizza that Giulia had ever tasted.

Isabella domandò, "Che cosa metti sulla tua pizza Giulia?"

"Credo che metterò del salame a forma di sorriso, un fungo per il naso, e due cetrioli per gli occhi" disse Giulia. "E tu cosa fai?"

"Io non metto altri ingredienti, mi piace così, semplice, una margherita," rispose Isabella.

Dopo pochi minuti nel forno a legna ben caldo, le loro pizze erano pronte.

La pizza aveva un profumo delizioso e la divorarono velocissimamente. Era la pizza più buona che Giulia avesse mai mangiato.

The Gondola Ride – Un Giro in Gondola

After they finished their delicious pizzas and thanked Luigi for his wonderful hospitality, Isabella's mother decided that the girls should take a gondola ride while the mothers took the vaporetto [*the water bus*] to go home.

Giulia and Isabella boarded the gondola and went quietly through the water. Giulia was very intrigued by the large buildings that they were passing and said, "There are so many beautiful buildings."

Dopo aver finito la deliziosa pizza e ringraziato lo chef per la sua cortese ospitalità, la mamma di Isabella decise di lasciar fare alle ragazze un giro in gondola, mentre le mamme prendevano il vaporetto per tornare a casa.

Giulia e Isabella salirono in gondola e lentamente incominciarono il giro. Giulia era molto interessata a guardare il panorama tutt'intorno e disse, "Ci sono così tanti bei palazzi."

"Of course, this is the Canal Grande with many old palazzi. That's the Palazzo Grassi over there, all white and pink. Nobody knows why it was built," replied Isabella.

"And that church is La Chiesa della Salute. It was built when Venice suffered a terrible plague and many people died. The church was built to give thanks to the Black Madonna for the end of the plague."

"What about that building? The windows are so beautiful!" asked Giulia.

"That's Ca' Rezzonico, one of the most decorated buildings in Venice. The trifora windows are typical of Venice," explained Isabella.

"Certo, questo è il Canal Grande, ha tanti bellissimi palazzi. Quello là è il palazzo Grassi," disse Isabella.

"E quella chiesa, è la Chiesa della Salute. Fu costruita quando a Venezia c'era la peste e moltissime persone morirono. La chiesa è stata costruita per ringraziare la Madonna per aver fermato la peste."

"E quella? Le finestre sono così belle!"

"Quella è Ca' Rezzonico, uno dei palazzi più decorati di Venezia. Le finestre a trifora sono tipiche di qui," spiegò Isabella.

"I want to take a picture," said Giulia. But when she stood up to take the picture, she lost her balance and fell into the water!

"Giulia!" screamed Isabella, "Grab my hand!"

Giulia grabbed Isabella's hand, but she also lost her balance and Isabella went tumbling into the water.

"Voglio fare una fotografia," disse Giulia. Ma quando si alzò per fotografare, perse l'equilibrio e cadde in acqua.

"Giulia!" gridò Isabella, "Dammi la mano."

Giulia prese la mano di Isabella ma anche lei perse l'equilibrio e cadde ruzzolando in acqua.

The girls were immediately cold and their clothes seemed to be so heavy. And with all the commotion, they were now pretty far away from the gondola.

Giulia cried out to Sparkle for help. Sparkle arrived in a big WHOOSH and pulled them both out of the water.

Flying through the air, Giulia and Isabella magically dried off and arrived at Isabella's house all fresh and clean. As soon as they got off, Sparkle disappeared once again.

Le ragazze sentirono subito freddo ed i vestiti sembravano così pesanti, e con tutto quel movimento ora erano lontane dalla gondola.

Giulia chiese aiuto a Sparkle e lei arrivò con un grande woosh e le tirò fuori dall'acqua.

Volando nell'aria Giulia e Isabella si asciugarono magicamente e arrivarono a casa di Isabella tutte perfette. Appena scesero dall'unicorno, Sparkle sparí ancora una volta.

"Wow, that was close!" said Giulia.

"Yeah, that was pretty scary," replied Isabella. "I think we should go inside. That's enough excitement for one day!"

"Wow, c'è mancato poco," disse Giulia.

"Sì, è stato veramente pauroso," replicò Isabella. "Credo che dovremmo entrare. Abbiamo avuto abbastanza emozioni per oggi!"

Murano and Burano – Murano e Burano

The next day, Isabella and Giulia decided to go to Murano and Burano, two very distinctive islands that are part of Venice.

When they got to Murano, Giulia was amazed by all the stores that sold glass. They decided to go inside a store and look at the glass figurines.

"Look at all the pretty glass things," said Giulia.

Il giorno seguente, Isabella e Giulia decisero di andare a Murano e Burano, due isole caratteristiche di Venezia.

Quando arrivarono a Murano, Giulia era meravigliata da tutti quei negozi che vendevano vetro. Così decisero di entrare in un negozio per ammirare le figurine di vetro.

"Guarda quanti oggetti di vetro," disse Giulia.

"Murano is famous for its many glass factories. The glass is shaped into many different things, from stuff we use like wine glasses and lamps to beautiful sculptures and other objects," replied Isabella.

While they were in the store, an old lady came up to them. Isabella was a little afraid because the lady looked like a witch.

Giulia, never afraid, said "Buongiorno" to the old lady.

"Murano è famosa per le sue fabbriche di vetro. Il vetro è soffiato in varie forme, per bicchieri, lampadari, sculture e oggetti vari," spiegò Isabella.

Mentre erano dentro, una vecchietta le si avvicinò. Isabella aveva un po' di timore perché la signora sembrava una strega.

Giulia, sempre senza paura, le disse "Buongiorno."

The lady said, "Vieni quì che ti mostro un pezzo magico chiamato il vetro dei ricordi. [*Come here and I will show you a magical piece called the glass of memories.*]"

To the girls, it looked like a big transparent sphere. The old lady gently gave the glass to the girls to hold. As soon as they touched it, they saw a picture appear inside the glass. They saw when Sparkle saved them from the basement of the costume shop. They quickly gave the glass back to the old lady. As soon as they stopped touching the glass, the picture faded out.

"Isabella did you see that?" asked Giulia. "That was so cool!"

La signora disse, "Vieni quì che ti mostro un pezzo magico chiamato il vetro dei ricordi."

Alle ragazze pareva una grande sfera trasparente. La vecchietta mise la sfera di vetro nelle mani delle ragazze e appena la toccarono, videro una figura apparire all'interno. Si vedeva il momento in cui Sparkle le aveva salvate dal seminterrato nel negozio di costumi. Velocemente restituirono la sfera alla vecchietta e appena smisero di toccarla tornò trasparente.

"Isabella hai visto?" domandò Giulia. "Era forte!"

"Yes, that was really cool. How was that even possible?"

Suddenly, Isabella heard the sound of the vaporetto arriving at the dock. "If we don't hurry, we won't catch the boat to Burano in time," said Isabella.

"Thank you for showing us the glass," yelled the girls as they left the shop. They ran to the vaporetto and soon they arrived in Burano.

"Sì era veramente forte. Com'è possibile?"

Improvvisamente Isabella sentì il rumore del vaporetto che attraccava. Se non ci spicciamo, non facciamo in tempo a prendere il vaporetto per Burano," disse Isabella.

"Grazie per averci mostrato la sfera," gridarono le ragazze uscendo dal negozio. Poi corsero a prendere il vaporetto, e ben presto arrivarono a Burano.

"Look at all the colored houses. They are so pretty. And look at the tiny little streets," exclaimed Giulia.

Isabella explained, "I know. Burano is famous for its colored houses and narrow *calli*.

"What is that woman in the shop doing?" asked Giulia.

"She's making lace. It used to be very common here, but it's a long hard job and very few people here still do it. Let's walk around and see what else we find."

"Guarda le case, sono tutte colorate! Sono così belle, e guarda le stradine," esclamò Giulia.

Isabella le spiegò, "Lo so, Burano è famosa per le sue case coloratissime e le piccole calli."

"Che cosa sta facendo quella donna nel negozio?"domandò Giulia.

"Lavora i merletti. E una vecchia usanza qui, è un lavoro lungo e difficile e solo poche persone lo sanno ancora fare. Andiamo avanti ancora e vediamo che altro troviamo."

Always looking for her next adventure, Giulia said "Let's go!" And off they went.

They wandered through the maze of colorful houses, but they soon realized that they were terribly lost. Isabella couldn't help, but luckily Giulia touched her necklace and called for Sparkle. Sparkle magically appeared and flew off with them on her back...

Sempre in cerca di nuove avventure Giulia
disse,"Andiamo!" e così s'incamminarono.

Vagarono per molto tempo tra le case colorate, fin quando
si resero conto di essersi perse. Isabella non sapeva che
fare, così Giulia toccò la sua collana magica per chiamare
Sparkle. Sparkle apparì subito, magicamente, e volarono
così via in groppa all'unicorno.

The Encounter with the Knight of Le Barene – L'incontro con il Cavaliere delle Barene

"Giulia, I couldn't have imagined how fun it would be to fly on a unicorn. It's amazing!" said Isabella.

"Remember Isabella, this is our secret. You can't tell anyone else about Sparkle."

"Of course I won't tell anyone, I promise. Look Giulia, we are flying above le barene."

Le barene are made by grass and dirt and are sometimes underwater. Giulia told Sparkle to stop on a barena for a little while so they could gather some of the beautiful flowers.

"Giulia, non mi sarei mai immaginata quanto bello fosse volare a cavallo di un unicorno. E incredibile!" disse Isabella.

"Ricordati Isabella, questo è il nostro segreto e non puoi rivelarlo a nessuno."

"Certo non lo dirò a nessuno, lo prometto. Guarda Giulia, stiamo volando sopra le barene."

Le barene sono fatte di erba e di terra ed emergono con la bassa marea. Giulia disse a Sparkle di fermarsi un attimo su una barena per poter prendere dei fiori.

As soon as Giulia bent down to pick one of the flowers, Isabella spotted a dark black figure coming towards them.

"Oh... my... gosh... I thought it was just a legend," said Isabella to herself in a frightened voice.

"What legend?" asked Giulia as she looked up.

Isabella quickly told Giulia the legend of a knight that protects le barene. The knight dresses all in black and rides a black horse. His eyes look like flames and he wears a large, sturdy helmet.

Appena Giulia s'inchinò per cogliere un fiore, Isabella vide una figura nera arrivarle incontro.

"Oh! Mamma mia... credevo fosse solo una leggenda," disse Isabella tra sé e sé con voce intimidita.

"Quale leggenda?" domandò Giulia, e alzò lo sguardo.

Isabella le spiegò che una leggenda parla di un cavaliere che protegge le barene. Il cavaliere, vestito tutto di nero, cavalca un cavallo nero. I suoi occhi sembrano fiamme e indossa un pesante elmetto.

Suddenly, the knight was right in front of them.

Never afraid, Giulia walked up to talk to him, "Who are you?"

"I am the knight of le barene and I protect all the plants and animals that live here."

"Why do you have to do that?" asked Giulia.

"Le barene are very important to Venice from an ecological point of view. They help to keep the environment clean."

Improvvisamente il cavaliere era davanti a loro.

Sempre senza paura, Giulia gli andò incontro e gli chiese, "Chi sei?"

"Sono il cavaliere delle barene e proteggo le piante e gli animali che vivono qui."

"E perché devi farlo?" chiese Giulia.

"Le barene, da un punto di vista ecologico, sono molto importanti per Venezia. Aiutano a tenere l'ambiente pulito."

Giulia and Isabella watched in amazement as a bird walked through the dirt and disappeared into the water for a long time, then popped back up six meters away.

"These birds live only in le barene. They're called fisoli. They can fly, but also swim underwater for up to five minutes to look for fish to eat," said the knight.

Giulia e Isabella guardarono stupite un uccello camminare a terra, per poi sparire sott'acqua per molto tempo, e poi riemergere a sei metri di distanza.

"Questi uccelli vivono nelle barene. Si chiamano *fisoli*. Possono volare, ma anche nuotare sott'acqua fino a cinque minuti per pescare cibo da mangiare," disse il cavaliere.

Giulia realized that Isabella hadn't said a word since the knight arrived so she whispered, "Isabella, say something."

"Oh, I didn't know about them… It's nice to meet you, but I'm sorry we have to go," Isabella said in a rush.

Sparkle had already disappeared so the knight said, "I will take you home."

He took them home then disappeared without a sound.

That night the girls went to bed early, but they stayed up very late talking about their magical encounter with the knight of le barene.

Giulia realizzò che Isabella non aveva detto una parola da quando il cavaliere era arrivato e le bisbigliò, "Isabella dì qualcosa."

"Oh, non sapevo questa storia… è stato un piacere conoscerla, ma mi spiace dobbiamo andare," disse Isabella in fretta.

Sparkle era già sparito e il cavaliere disse, "Vi porterò a casa."

Così le portò a casa e poi sparì senza fare nessun rumore.

Quella sera le ragazze andarono a letto presto ma rimasero sveglie fino a tardi a parlare del magico incontro con il cavaliere delle barene.

The Treasure of La Scala del Bovolo – Il Tesoro della Scala del Bovolo

The next day, the girls' mothers decided to take them to see a beautiful sight, La Scala del Bovolo.

"Giulia, are you ready?" asked Isabella.

"Yes, let me just get my necklace," said Giulia.

When they went outside they saw some rainclouds coming so Isabella's mother said, "Girls, hurry up, it's going to rain soon and if we don't go quickly we will get wet."

"Ok, we're coming."

Il giorno dopo, le ragazze decisero di andar a vedere la bella Scala del Bovolo.

"Giulia sei pronta?" domandò Isabella.

"Sì, fammi solo prendere la collana," disse Giulia.

Quando uscirono, videro dei nuvoloni da pioggia avvicinarsi, così la mamma di Isabella disse," Ragazze, spicciatevi, presto pioverà e se non facciamo veloci ci bagneremo tutte."

"Ok, stiamo arrivando."

After walking through a labyrinth of narrow streets they arrived at La Scala del Bovolo.

Isabella's mother explained to the girls that the building was constructed over 800 years ago. It was a private house for many generations, but now it's a museum.

Suddenly, it started drizzling. The mothers scurried into a café while telling the girls to come with them.

Isabella said, "We'll be there in a little bit. We just want to take a closer look at the stairs.

"Hey Isabella, while our mothers are in the café, why don't we secretly go up to the top," whispered Giulia.

"I'm not too sure this is a good idea," said Isabella in a worried tone.

"Oh come on," said Giulia, who was always looking for new adventures, "what's the worst that can happen?"

"Mamma mia," said Isabella, as Giulia had already started up the spiral stairs.

Dopo aver camminato tra un labirinto di strette calli, arrivarono alla Scala del Bovolo.

La mamma di Isabella spiegò alle ragazze che il palazzo era stato costruito circa 800 anni fa. Era stata una casa privata per generazioni ma ora era un museo.

Improvvisamente incominciò a piovigginare. La mamme di Isabella e Giulia corsero in un caffè facendo segno alle ragazze di seguirle.

Isabella disse, "Stiamo qui solo per un po' vogliamo ammirare le scale da vicino."

"Ehi Isabella, mentre le mamme sono al bar, perché non saliamo su di nascosto," bisbigliò Giulia.

"Non so se è una buona idea," disse Isabella con tono preoccupato.

"Ma dai," disse Giulia, che cercava sempre nuove avventure, "cosa vuoi che possa succedere."

"Mamma mia," disse Isabella, mentre Giulia aveva già incominciato a salire le scale a chiocciola.

There were so many stairs that soon the girls became tired. Finally, they arrived at the top and went inside a small room.

As they looked around, Giulia found a hidden door.

They opened the door and found themselves in an even smaller room. The room was filled with jewelry, crystals, and other beautiful treasures. The girls were looking through the treasure. Suddenly they found a sphere shaped piece of glass.

"Isabella, look, do you think it could be a glass of memories?"

As soon as Isabella touched the glass, they saw themselves with the Knight of Le Barene. Isabella screamed, put the glass down immediately and ran downstairs to the café where their mothers were having coffee.

But Giulia, never afraid, wanted to look at the amazing scene in the glass once more before she ran down after Isabella.

When Giulia got to the café, it started to rain really hard so they had to go home. The girls arrived back at Isabella's palazzo drenched from the rain, but happy from their adventures of the day.

C'erano così tante scale che presto le ragazze si stancarono. Finalmente arrivarono in cima ed entrarono in una piccola stanza.

Si guardarono intorno e Giulia trovò una porta segreta.

Aprirono la porta e si trovarono in una stanza ancora più piccola, piena di gioielli, cristalli, e altre cose preziose. Le ragazze incominciarono a rovistare tra il tesoro quando trovarono una sfera di vetro.

"Isabella, guarda, non credi che possa essere un vetro dei ricordi?"

Appena Isabella toccò la sfera, apparve la loro immagine con il cavaliere delle barene. Isabella gridò, mise subito giù la sfera, e corse giù per le scale fino al bar dove le mamme stavano prendendo un caffè.

Giulia, sempre senza paura, volle guardare ancora una volta la scena nella sfera prima di raggiungere Isabella.

Quando Giulia arrivò al caffè, incominciò a scrosciare, e così ritornarono a casa. Le ragazze arrivarono a casa bagnate zuppe ma felici per la loro avventura del giorno.

The Carnival Party – La Festa di Carnevale

Finally, it was the day of the Carnival Party. Isabella explained to Giulia that carnevale lasts almost a week and people can dress up and go out in any costume.

"Why don't we get dressed?" asked Giulia.

"Ok, let's get our costumes on. We have to go soon."

"Where is the party is going to be?" asked Giulia.

"It's going to be at the Peggy Guggenheim Collection."

"Who?" asked Giulia.

"Peggy was an American collector of modern art. She collected many pieces from great international artists and put them in a beautiful museum here in Venice. The party tonight is at her museum."

E finalmente arrivò il giorno della festa di carnevale. Isabella spiegò a Giulia che il carnevale dura circa una settimana e la gente può vestirsi in maschera e uscire con qualsiasi costume.

"Perché non ci vestiamo" domandò Giulia.

"Ok, mettiamoci i costumi. Dobbiamo andare via tra poco."

"Dov'è la festa?" domandò Giulia.

"E alla Collezione Peggy Guggenheim."

"Che?" chiese Giulia.

"Peggy era una collezionista americana d'arte moderna. Collezionò molte opere d'arte di vari artisti internazionali conservate in un meraviglioso museo qui a Venezia. La festa sarà lì stasera."

The girls got dressed quickly and headed off to the party with their mothers.

The building was beautiful, full of people dressed up in all sorts of different costumes. There was music, special lights, and a lot of delicious food.

"Try a frittella," said Isabella.

"What's a frittella?" asked Giulia.

"It's like... a donut, just try it. Trust me. It's really good."

Giulia took a frittella and started to admire the many pieces of art.

Le ragazze si vestirono velocemente e uscirono con le loro mamme.

Il palazzo era magnifico e c'era tanta gente travestita con tanti bellissimi costumi. C'era la musica, un'illuminazione speciale, e un sacco di cibo!

"Prova una frittella," disse Isabella.

"Cos'è una frittella," domandò Giulia.

"E come...un donut, prova e basta. Fidati, é buonissima."

Giulia prese una frittella e incominciò ad ammirare le varie opere d'arte.

At one point, she stopped in front of an oddly familiar painting. It was a piece called *The Red Tower* by De Chirico, a great surrealistic painter.

De Chirico thought that every object has two appearances. One, the correct one that everyone can see, and the other, that just some people can see.

This painting reminded Giulia of the time she fell from the witch's tower.

Also in the painting, Giulia saw a man on a horse, which Giulia immediately saw as the knight of le barene.

Ad un certo punto si fermò davanti ad un quadro particolare ma familiare. Era un'opera chiamata *La torre rossa,* di De Chirico, un pittore surrealista.

De Chirico pensava che ogni oggetto avesse due apparenze. Una, quella diretta che tutti possono vedere, ed un'altra più nascosta che solo pochi possono vedere.

Quest'opera ricordò a Giulia quella volta in cui cadde dalla torre della strega.

Guardando il quadro, Giulia vide un uomo a cavallo ed immediatamente pensó di vedere il cavaliere delle barene.

A woman with a unicorn mask came up behind Giulia and was also gazing at the painting.

"You like this painting don't you?" asked the woman.

"It reminds me of something," replied Giulia.

"It reminds me of something, too," said the woman as she walked away.

Una donna con una maschera da unicorno arrivò dietro a Giulia per ammirare il quadro.

"Ti piace questo quadro vero?" domandò la donna.

"Mi ricorda qualcosa," disse Giulia.

"Ricorda qualcosa anche a me," rispose la donna andando via.

Giulia went back to the other room to look for Isabella. When she found her, the girls started to dance to the music that was playing.

Once again, Giulia spotted the woman with the unicorn mask.

Isabella wanted to go out onto the terrace to look at the fireworks. Giulia invited the woman to come with them.

"Hurry up you guys. The fireworks have almost started," said Isabella

"We're coming," replied Giulia.

Giulia ritornò nell'altra stanza per cercare Isabella, e quando la trovò incominciarono a ballare al ritmo di musica.

Ancora una volta Giulia vide la donna con la maschera da unicorno.

Isabella voleva andare su in terrazza per guardare i fuochi d'artificio. Giulia invitò la signora dall'unicorno a salire con loro.

"Sbrighiamoci, i fuochi stanno per iniziare," disse Isabella.

"Arriviamo," disse Giulia.

The panorama was great and the fireworks were amazing. They watched the spectacular fireworks until the end. The booms were so loud they could feel the vibrations.

But most spectacular of all, once the fireworks had finished and the girls were leaving, they looked back once more at the sky and saw Sparkle flying off into the distance.

"Isabella, did you see what I think I saw?"

"Uh huh."

The girls went home in silence.

Il panorama era stupendo e i fuochi erano meravigliosi. Guardarono lo spettacolo pirotecnico fino alla fine. I botti erano così forti che si potevano sentire le vibrazioni.

Ma la cosa più spettacolare, proprio quando i fuochi stavano per finire ed erano pronte per andar via, fu quando le ragazze guardarono ancora una volta il cielo e videro Sparkle in distanza volare via.

"Isabella, hai visto quello che credo di aver visto?"

"Uh huh."

Le ragazze ritornarono a casa in silenzio.

Leaving Venice – Lasciando Venezia

The next day Giulia had to leave.

The girls were really sad, but they knew they would see each other again. Best of all, they would always have the memories of their adventures together.

In the morning, while Giulia was finishing packing, Isabella came up to her and said, "Giulia, I have a little present for you, it's a unicorn mask magnet. I hope it will remind you of all of our adventures together."

"Thank you so much Isabella," replied Giulia, "I'm sure it will remind me of all the fun we had."

Il giorno seguente Giulia doveva partire.

Le ragazze erano veramente tristi ma sapevano che si sarebbero viste di nuovo. E meglio ancora, avrebbero conservato per sempre i ricordi delle loro avventure insieme.

Alla mattina, mentre Giulia stava finendo di fare le valigie, Isabella le si avvicinò e le disse, "Giulia, ho un piccolo pensiero per te, è una maschera di unicorno col magnete. Spero che ti ricorderà di tutte le nostre avventure."

"Grazie tante Isabella," disse Giulia, "Sono sicura che mi ricorderà di quanto ci siamo divertite."

Just then they heard Giulia's mother calling. The girls ran outside and followed Isabella's mother to the taxi boat to take them to the airport.

On the taxi boat, Giulia stood in the back and looked once more at beautiful Venice. "Goodbye Venice," she said to herself with a sigh.

She felt the boat slow down and all too soon they were at the airport. She grabbed her bag and followed her mother into the departure area.

"Goodbye Giulia. I hope to see you again soon. Come again to visit," said Isabella.

"Yes I will. I miss you already. I will write you a letter and..." said Giulia almost crying, but the plane was ready to leave and Giulia had to board without saying anything else.

Poi sentirono la mamma di Giulia chiamarle. Seguirono la mamma di Isabella fino al taxi che le avrebbe portate in aeroporto.

Sul taxi, Giulia andò fuori dietro e guardò ancora una volta la bella Venezia. "Arrivederci Venezia," si disse con un sospiro.

Poi sentì la barca fermarsi, purtroppo erano arrivate all'aeroporto così in fretta. Giulia prese la valigia e seguì la mamma fino all'area partenze.

"Ciao Giulia, spero di vederti presto. Vieni ancora a trovarmi," disse Isabella.

"Sì lo farò. Mi manchi già. Ti scriverò una lettera e..." disse Giulia quasi piangendo, ma l'aereo era pronto per partire e Giulia dovette imbarcarsi senza poter dire nient'altro.

THE END

FINE

Michelle Longega Wilson

Hi,

My name is Michelle Longega Wilson and I'm a middle sister. I am 9 years old. I am half Italian and half American. I can speak French, Italian, and English. I like to speak languages because it gives me a chance to understand and talk to more people. Of course, I can also read more books – I love to read! That's why I write books.

"The Adventures of Giulia" is a fantasy series that tells about a simple girl whose wishes come true. Giulia is very adventurous and never afraid. Her adventures bring you around the world discovering new places and new things.

If you want to know more about me, please follow my blog at www.michellelongegawilson.com

By the way, all the great illustrations of the book are made by **Leira Cenizal**.

Leira has illustrated numerous best-selling children's books on Amazon. She is infatuated with rhymes and has loved to draw ever since she was a kid. At some point, she decided to blend two of her favorite pastimes through creating children's books. See more at www.icenizal.blogspot.com

Michelle Longega Wilson

Ciao,

Mi chiamo Michelle Longega Wilson e sono la seconda di tre sorelle. Ho 9 anni, e sono Italo-Americana. Parlo l'italiano, il francese, e l'inglese. Mi piace parlare più lingue, perché così posso capire e parlare con più persone. E chiaramente, posso leggere più libri, adoro leggere! Ecco perché scrivo libri.

"Le Avventure di Giulia" é una serie fantasiosa che parla di una bambina semplice, ma con sogni che si avverano. Giulia é avventurosa, e non ha mai paura di nulla. Le sue avventure la portano in giro per il mondo a scoprire nuovi posti e nuove cose.

Se volete scoprire più cose su di me, seguite il mio blog: **www.michellelongegawilson.com**

Tutte le belle illustrazioni del libro sono disegnate da **Leira Cenizal**.

Leira ha illustrato molti libri per bambini, bestseller su Amazon. Sin da quando era una bambina, amava la poesia e il disegno. Un giorno ha deciso di unire le due cose e creare libri per bambini. **www.icenizal.blogspot.com**

Collect Giulia's Treasures

There are lots of treasures available to collect & enjoy.

Notepads, Lockets, Bookmarks, and more Books!

Please visit

www.michellelongegawilson.com/my-books/

Buy My First Book
From The Same Series

Please go to

www.michellelongegawilson.com/my-books/